DIALOGUE

ENTRE

UN ANGLOIS

ET UN NORMAND,

SUR

LE COMBAT NAVAL,

DONNÉ ENTRE BREST ET OUESSANT,

Le 27 Juillet 1778.

Imprimé à *LANDIGOU*, *Baſſe-Normandie*.

De l'Imprimerie de JOLI-CŒUR.

1778.

DIALOGUE

ENTRE

UN ANGLAIS

ET UN NORMAND,

*Sur le Combat Naval, donné entre Breſt &
Oueſſant, le 27 Juillet 1778.*

ANGLAIS, qui d'un pas lent aborde en ce rivage,
Si l'on juge du cœur par les traits du viſage,
A voir tes yeux plombés, ton triſte & morne teint,
De quel nouveau malheur ton eſprit eſt atteint ?
Quel en eſt le ſujet ? le tiſon de la guerre
Peut-il traîner ſes feux juſque deſſus tes terres ?
L'Anglais audacieux veut-il recommencer
De ramener les maux dont Londres fut preſſée ?
Reviendra-t-il encore faire un nouveau ravage ?
Les coups qu'il a reçus ne l'ont-ils point fait ſage ?
Ou les braves François ont-ils ſecoué le joug
Dont les Anglais de leur faſte avoient ſerré les coups,

A ij

Et nous ont voulu faire mainte & mainte avanie
Du côté de la Bretagne ou de la Normandie,
Où l'Amiral Kepel, éteignant ſes fallots,
Veut-il recommencer la guerre de nouveau ?

L'ANGLAIS.

Rien moins, nous craignons bien une autre tempête,
Quand nous voyons CHARTRES fondre ſur nos têtes.

LE NORMAND.

Et LOUIS XVI, notre grand Roi,
Nous ſommes heureux ſous ſes Loix.
Ce n'eſt pas D'ORLÉANS comme de Kepel le Britan‑
nique,
Que l'Angleterre a fait d'une hérétique.

L'ANGLAIS.

Non, rien n'eſt plus vrai que ce que tu me dis.
Qui oſera marcher contre ton Roi LOUIS ?
Le mal qui nous menace eſt d'une conſéquence
Beaucoup plus dangéreuſe encor que tu ne penſe.

LE NORMAND.

Je ne ſuis pas Devin, mais mon raiſonnement
Semble aller droit au but, même aſſez juſtement.
Tous les jours on entend les Anglais nous dire
Que ce ſeul point les empêche de rire,
Et que ton Kepel ouvrant enfin les yeux,
Pourroit bien altérer ſon air ſi glorieux.

(5)

Sur la *Belle-Poule* a fait une entreprife,
Qui fûrement ne lui étoit pas permife ;
Et de mauvais exploits, toujours multipliant,
Son fort fera comme eux le plus humiliant.
Mon Roi, doué d'efprit, de confeil & de fageffe,
S'apperçoit bien, Anglais, de ta vaine fineffe ;
Il en connoît le tuf ; & fait bien ce que c'eft ;
Dans ce point délicat, fon royal intérêt
Proteftera toujours contre tes entreprifes,
Et fa proteftation fera toujours de mife :
Quelque beau matin de CHARTRES furprendra, il
    eft clair ,
Ton Amiral Kepel, s'il fait toujours le fier.

L' A N G L A I S.

Normand, je fuis charmé de t'entendre,
Il eft vrai, c'eft un feu qui couve fous la cendre.
Et le mal qui nous tient eft d'autant plus preffant,
Qu'il n'eft pas éloigné, & paroît trop préfent.

L E N O R M A N D.

Eh ! eft-ce ton Kepel & Vaginfton.
Eft-ce ton Howe, tous trois faux conquêreurs de
    Bofton ;
Nos Princes, & vrais Princes du fang,
Savent toujours foutenir leur rang ;
Les tiens veulent piller tous les biens de l'Eglife ;
Et le Normand ne peut , fans ufer de furprife,
Souffrir l'ambition du Howe & de Kepel,
Sans leur préfenter en plein jour un cartel.

A iij

L' A N G L A I S.

Tu dis encore très-vrai ; mais la guerre de Turquie
Pourroit bien nous donner quelque certain appui.

LE NORMAND.

Dieux , pour un Anglais , quelle confeſſion !
Ofe-tu dire cela à ta confuſion.

L' A N G L A I S.

Il eſt vrai , j'avoue que j'ai tort ,
Et ferois mieux de laiſſer la guerre à l'or.
Mais le mal eſt ſi grand que l'on ne peut s'en taire ;
Et vouloir ſe flatter , c'eſt être téméraire.
Les Anglais , ſuivant la diſpoſition ,
Craignent & apprehendent le nouveau BOURBON.

LE NORMAND.

Oui, LOUIS XVI eſt trop puiſſant pour ne pas mériter,
Et de CHARTRES ſera toujours couvert de
    lauriers.
Il oublie dans ce moment qu'il eſt Prince du ſang ,
Et qu'il devroit nous ménager un Seigneur de ſon rang.
Je ſuis Normand , & en conféquence
Je me dévoue à mon Roi en aſſurance ;
Je t'aſſure que quand je ſerois étranger ,
Je tâcherois ſous le regne de LOUIS XVI de me
    ſignaler.
Pendant que nous parlons ici d'affaires ,
Je vais te déveloper un important myſtère ,

Mais très-assurément comme un Normand sincère,
Et en citoyen de sa patrie aime la gloire.
Il passe assez souvent des Anglais par ici,
Qui nous auroient bien pû parler de ce qu'on dit;
Mais comme ces ambitieux nous prennent pour des
    Êtres,
Et que d'ailleurs ils sont peu courtois & honnêtes,
Ils passent sans parler, & jamais nous n'avons de part
A leur perte & destruction, que par hasard.
Mais, à te dire vrai, de LOUIS XVI ce que je te
    raconte
Ne te doit point paroître un conte.
C'est, à n'en point mentir, une énigme pour toi,
Qui ne me laisse pas douter des choses que je
    prévois.
LOUIS XVI est trop aimé pour ne pas mériter,
Tu le verras par tout emporter des lauriers:
Cela est vrai, mais encore une fois, écoute:
Et je te mettrai, sans nul doute,
Et pour ne pas parler ici sans fondement
De ce grand coup d'état qui fait l'étonnement
Des Princes de l'Europe, & notre généreuse Reine
    qui nous vient de l'Empire.
Reprenons de plus loin ce que je te veux dire.

L'ANGLAIS.

A t'entendre parler, on diroit que jamais
Tu n'aurois bougé de la Cour ni du Palais.

LE NORMAND.

Ecoute seulement & prête-moi l'oreille.
Mais en attendant nous faut boire à ma bouteille.
Bûvant quatre à cinq coups de ce poiré nouveau,
Je crois que tu le trouveras aussi bon qu'il est beau.
Et pour notre Reine, qui nous vient de l'Empire,
Bûvons à sa santé, de ce grand Elixir ;
Et Louis XVI, notre père & notre Roi,
Qui nous fait tant de bien, chantons à pleine voix.

L'ANGLAIS.

Ah ! s'il ressemble à son grand pere, c'est un bon
    Capitaine,
Je veux chanter avec toi : vive le Roi ; vive la Reine.

LE NORMAND.

La maison de BOURBON a toujours eu en partage
La foi de ses ayeux, le cœur & le courage.

L'ANGLAIS.

Normand, on ne peut pas en si peu de mots
Faire un éloge complet de ce grand Héros.
Faisons-le seulement vivre en notre mémoire,
Et laissons le récit de sa vie à l'histoire.

LE NORMAND.

Tu viens très-bien au but ; ta pensée est juste ;
Et pour un Anglais tu n'as rien qui soit rustre ;
Mais le point principal de cette question,
Son entrée dans Paris a mis les pauvres hors de prison.
Il est chéri & adoré de son peuple ; en vérité,

Anglais, par toute l'Europe , il est vanté.
Les plus petits , ainsi que les plus grands ,
Repandroient pour LOUIS XVI la dernière goutte de
    leur sang.

L'ANGLAIS.

Hélas, Normand , tu me fais trembler.
Ecoute; l'Angleterre a-t-elle jamais possédée
Un Roi qui se soit dévoué à rendre son peuple heu-
    reux?
Oui, de rester dans ton pays , je suis envieux ;
Il est vrai, j'ai parlé à ma confusion ;
Mais la maison d'Angleterre , je te prie , fais attention,
Du bien d'autrui n'a jamais été assez riche ,
Elle veut tout ou rien : gare qu'elle ne déniche.

LE NORMAND.

Mais un jour son orgueil
Comme d'autres pourroit la mettre au cercueil.
Au comble des biens en vouloir davantage ,
C'est être, à mon avis , arrogant & peu sage.

L'ANGLAIS.

Mais enfin , continue; adore ton Roi ,
Puisque toute la France lui a juré la foi.

LE NORMAND.

Oui, LOUIS XVI est monté sur le trône ;
C'est à bon droit que l'Univers le prône.

L'ANGLAIS.

Eſt-il bien, en aſſurance,
Aimé de toute la France?

LE NORMAND.

S'il l'eſt, en aſſurance ; il en eſt adoré.
Un Roi ne fut jamais plus révéré,
A lui plaire chacun à l'envi s'intéreſſe ;
Les grands & les petits, tous lui font careſſe.
Auſſi, tout ce qu'il faut pour former un grand Roi
Se trouve en LOUIS XVI , & s'y trouve à bon droit.
Sa beauté, ſa grandeur, ſa chevelure blonde ,
Semblent que Dieu l'ait fait pour être Roi du monde.
Ses yeux ſont vifs & pleins d'une certaine ardeur,
Qu'on ne peut exprimer, mais qui gagne les cœurs,
Son port eſt martial, ſa parole obligeante ;
De ſon grand-père enfin, c'eſt l'image parlante.
Juge de ce tableau, fait avec un crayon ,
Si le ſage François doit l'aimer ou non.

L'ANGLAIS,

Tu dis tout quand tu dis qu'il reſſemble au grand-pere.
Dans ce peu de mots je comprends un myſtere.
Je ne m'étonne plus ſi l'on parle avec raiſon
De cet Illuſtre Monarque, iſſu du ſang des Bourbons.

LE NORMAND.

Te voilà en priſe avec notre juſte Bourbon,
Tu en recevras un fier affront ;

Mais le point principal de cette queftion
Ne fe décidera qu'à grands coups de canon.
Le plus fort aura droit ; & fans doute la France
Dans cette occafion emporter la balance.
LOUIS fe contente de donner à connoître
Que de la Grande-Bretagne à fon gré on le verroit le
     maître ,
Que pour l'en empêcher , l'unique Baftion
Eft fa retenue & fa modération ;
Et ce que fon honneur & fon grand cœur afpire ,
Eft d'avoir une Reine iffue de l'Empire.
Quand les peuples, furpris de voir ces aimables Époux
Nous faire un fort des plus doux ,
Imités de Dieu même & après de l'Impératrice ,
Et prendre en leur faveur de Jôfué l'office.

L'ANGLAIS.

Ta façon de parler eft fi charmante
Que j'en fuis fatisfait & mon ame eft contente.

LE NORMAND.

Ce difcours te paroît long , mais fon utilité
T'aidera , dans la fuite , à voir la vérité.

L'ANGLAIS.

Je ne fais pas ici le Savant , ni l'Œdipe ,
Mais ce que nous pouvons profiter de ce principe ,
Nous ne nous expoferons pas un quart-d'heure.
Comment nous tirer de ce pas avec honneur ?

LE NORMAND.

S'en tirer, hé comment ? Ni monde, ni finance,
Peuvent-ils réfifter aux forces de la France ?

L'ANGLAIS.

Mais quand tu me parles de la France,
Eft-ce que pour l'Anglois il n'y a nulle efpérance ?

LE NORMAND.

                    Ah ! belle queftion !
Pour un homme d'efprit cela eft fans pardon.

L'ANGLAIS.

Et en ce cas nous ne ferons pas de folie ;
Mais, je t'en prie, faifons un tour en Ruffie.
Dis-moi fi tu fais quel commencement,
Et quel eft le progrès de ce grand armement ?

LE NORMAND.

C'eft avec déplaifir que tu me force à te le dire :
La honte & le déshonneur que tu recevras, quoi de pire !
Mais ton mal eft fi grand qu'on ne peut le céler ;
Et malgré foi on eft obligé d'en parler.
J'ai pitié de tes maux, mais prends patience,
Tu peux avoir quelque commifération de notre Roi
   de France.

L'ANGLAIS.

Ah ! ma foi, fans cela, nous fommes perdus.
Tiens, Normand, j'étouffe & n'en puis plus.

LE NORMAND.

Cependant on m'a dit que ton Amiral
Devant Brest nous avoit traité mal ;
Et les Partisans disent que d'une entière défaite
Il avoit eu une victoire complette.

L'ANGLAIS.

Bon, c'est bien débuté, le jour bienheureux
Auquel, tout bien compté, nous perdons moitié
    plus qu'eux,
Les Français sont venus nous morguer, & notre Amiral
N'a eu de cette action, soit disant, que dans la cuisse
    une balle.
Il a mal-à-propos engagé le Soldat,
Dans un lieu inutile à donner le combat.
Mais pour le Duc de Chartres il a eu l'avantage
De faire voir jusqu'où peut aller son courage.

LE NORMAND.

De cette action je n'en ai encore rien sçu.
Voilà donc enfin cet ambitieux battu.

L'ANGLAIS.

Tu es donc bien sourd, si ce coup de tonnerre
Ne s'est pas fait entendre jusques dessus tes terres ;
L'Angleterre, frémissant de ce nouveau malheur,
Fut à la fois saisie & de honte & de peur.

LE NORMAND.

Pour peu que nous prenions part à ton infortune,
Ton malheur nous devient & ta perte commune.

Car, à ne point mentir, nous confervons toujours
Pour nos ennemis quelque refte d'amour.

L'ANGLAIS.

Hélas ! la trifte & fâcheufe journée,
Où le combat naval s'eft donné !
Notre Amiral croyoit prendre la pie au nid,
Mais il n'a rien gagné par ce coup d'étourdi.

LE NORMAND.

Fais - moi donc ouverture de l'entreprife ;
A-t-il tâché d'avoir le *Saint-Efprit* par furprife ?

L'ANGLAIS.

Hélas oui ! mais il n'a tiré fa poudre qu'aux moineaux ;
Et il a bien laiffé des Soldats au fond de l'eau.
Surpris, montant fur le pont, voyant la nombreufe
   flotte Françoife,
Defcend au fond de cale, n'étant pas à fon aife,
Fit éteindre fes fallots & s'en fut très-mal content.
Ah ! dit-il, je n'infulterai plus le droit des Gens.
Alors plein de dépit, n'ayant plus d'efpérance,
Donna ordre de partir & en grande diligence.
Voilà les exploits de notre pauvre Amiral,
Qui s'enfuit en poltron plutôt qu'en Général.

LE NORMAND.

Si pareil cas arrivoit en ce jour,
Monfieur Kepel pourroit bien refter à fon tour.
Il ne faut pas dire quelque chofe à notre bon Roi,
Car tu me verrois partir fans effroi ;

Tiens , morbleu , comme tu me vois avec mes fabots ,
Je mettrais les Anglais en lambeaux.
Pour l'amour de LOUIS XVI toute la Normandie
Partiroit, faudroit-il aller en Ruffie.
Sabre de fer , tu fçais qu'il pirate ;
Le Normand en pareil occafion n'a point de rate.
Si ça revient , je quitte mon troupeau ;
Je prends un fabre à mon côté , l'abrefac fur mon dos ,
Pour mon Roi & notre bonne Reine
Je cours jufqu'à perdre haleine.
Rien que mon village , qui fe nomme Landigoû ,
Et cette Paroiffe qui s'appelle Beloû ,
Mettroient Londres & Saint-James
En déroute , & te feroient paffer à la lame.
Crois-moi , ne t'y fie pas , Anglais ;
Refte tranquile , fi tu m'en crois.
Si tu t'en joue , je mangerois plutôt la peau de mes
     moutons ,
Que je ne te mette & te faffe venir à la raifon.

L'ANGLAIS.

Je tremble d'avance , je connois les Normands ;
Nous ne fommes pas fi duppes en te confidérant.
Ecoute : quatre mots , & nous finiffons.
DE CHARTRES nous a fait préfent d'un nombre de
    melons ;
Il y en avoit des gros & des petits.
Mais notre pauvre Kepel a perdu l'appétit.

Je ne fais s'ils étoient trop durs, mais pour toute raifon,
Il fe reffouviendra de la famille des Bourbons.

LE NORMAND.

Eh bien ! Anglois , affure ton Amiral Kepel
Que pour manger les melons CHARTRES lui enverra
    du fel ;
Et pour former la fauce, le Maître du Vaiffeau *le*
    Saint-Efprit
Joindra du poivre afin que ton Kepel reprenne l'appétit.

LECTEUR , pardonnez, je vous fupplie ,
C'eft mon zèle qui parle & non mon efprit.
J'ai l'un , & je n'ai pas l'autre :
Tant pis, ce n'eft pas ma faute.

FIN.